Je m'c

Hélène Silberman était pleine de talents. Institutrice passionnée de musique, elle pratiquait le chant, composait des chansons et prêtait sa voix pour les doublages de films. En plus de toutes ces activités, elle trouvait encore le temps d'écrire des livres pour enfants ! Ses romans sont parus chez Flammarion et Bayard presse.

Catel est née en Alsace, avec un crayon à la main, ou presque... Diplômée des Arts Décoratifs de Strasbourg, elle a été sélectionnée dès 1990 à la Foire internationale des Illustrateurs de Bologne. Elle a illustré de nombreux ouvrages jeunesse chez Nathan, Hatier, Casterman, Actes Sud et Plon. Chez Bayard Jeunesse, elle est l'illustratrice de Bob et Blop et des aventures de Marion et Charles en littérature hors collection.

Du même illustrateur dans Bayard Poche :
Jules a disparu (Mes premiers J'aime lire)
Héros d'un soir (J'aime lire)

ISBN : 978-2-7470-2205-7
Dépôt légal : mars 2007
Loi du 16 juillet 1949 sur les publications destinées à la jeunesse

Je m'appelle Lili !

Une histoire écrite par Hélène Silberman
illustrée par Catel

J'AIME LIRE
BAYARD POCHE

1
Kévin, mon ennemi

J'ai huit ans, je suis en CE2. Jusque-là, rien de spécial. Sauf que je suis toute petite, tellement petite qu'on me prend pour une élève de CP. Mes copines, elles, ça leur est égal. Le problème, c'est les garçons, surtout Kévin.

C'est le plus grand, le plus fort, et en plus il a neuf ans. Il se moque tout le temps de moi et, au lieu de m'appeler Lili, il m'appelle « Razmott »*.

* La bonne orthographe est « rase-mottes ». Cela signifie : au ras du sol.

Hier, par exemple, il m'a dit :

– Alors, Razmott, t'as mangé de la soupe ? On dirait que t'as grandi d'un millimètre !

Grrr... J'aurais voulu l'étrangler. Mais, à la place, je suis devenue toute rouge, et c'est tout.

Alors, il a ajouté :

– C'était de la soupe à la tomate ?

Il a rigolé, et ses copains aussi.

Je le déteste !

Cet après-midi, comme il fait beau, on va faire du sport dans la cour de récréation. Le maître a décidé qu'on allait jouer au ballon prisonnier.

Il trace d'abord une ligne au milieu de la cour, pour délimiter deux camps. Ensuite, au fond de chaque terrain, il fait les prisons. Comme on joue pour la première fois, il nous explique la règle.

Le but du jeu, c'est d'envoyer tous les adversaires en prison en les touchant avec le ballon. Mais un prisonnier peut se libérer en touchant à son tour un joueur de l'équipe opposée, qui devient alors son prisonnier. En fait, il n'y a que deux façons de ne pas aller en prison : soit on évite le ballon, soit on l'attrape sans le faire retomber.

Maintenant, il faut former les équipes. J'ai horreur de ça, parce que c'est chaque fois la même chose. Les deux chefs choisissent leurs alliés un par un. Ils commencent par les plus forts. À la fin, il ne reste plus que moi. Quel que soit le jeu, personne ne me veut jamais dans son camp, et ça me donne toujours envie de pleurer.

Aujourd'hui, ça se passe comme d'habitude. Ma seule consolation, c'est que Kévin est dans l'équipe adverse.

J'espère qu'on va les battre.

2
Cible mouvante

Le jeu commence.

Au début, les garçons jouent surtout entre eux. Mais ils se rendent vite compte que la partie n'avance pas, alors ils changent de tactique. Ça part dans tous les sens, tout le monde se tire dessus, ça devient rigolo.

Au fur et à mesure, les deux prisons se remplissent. À la fin, il n'y a plus qu'un joueur dans chaque camp : d'un côté, Kévin, et de l'autre... moi ! Je suis si petite que personne n'a réussi à me toucher.

– Vas-y, Lili ! Vas-y, Lili !

Toute mon équipe m'encourage, même les garçons. Il n'y en a plus un pour m'appeler « Razmott » !

Le problème, c'est que je me contente d'éviter le ballon, je serais bien incapable de l'intercepter. Me voilà donc prise en sandwich entre Kévin et le reste de son équipe.

Dès que Kévin a la balle, il me vise et, vlaf ! il tire. Je cours pour éviter le ballon, qui arrive très vite aux prisonniers. Là, il y en a un qui le récupère, et le relance aussi vite sur moi pour se libérer. Mais il n'arrive pas non plus à me toucher, et la balle revient dans les mains de Kévin. Et ainsi de suite. À force, je n'en peux plus.

Kévin se moque de moi :

– Arrête de gesticuler comme ça, Razmott, on dirait un ver de terre ! De toute façon, tu t'épuises pour rien, on finira bien par t'avoir !

Ah, ce Kévin de malheur, je lui ferais bien manger le ballon !

Là-bas, au fond, mon équipe commence à s'impatienter :

– Attrape la balle, Lili ! Attrape la balle !

Ça, j'ai bien compris qu'ils voulaient que j'attrape la balle, pour la leur renvoyer après. Impossible. Deux fois impossible. J'aimerais bien les voir à ma place...

Il n'y a plus qu'une chose pour me sauver : la sonnerie de la récréation. Je ne dois pas m'effondrer avant.

Je veux leur montrer à tous que moi, la petite Lili, j'empêcherai mon équipe de perdre. Même si je n'ai plus de forces, cette idée me fait tenir.

Driiing ! Ouf, le calvaire est enfin terminé. Sauf qu'au moment où retentit la sonnerie, c'est Kévin qui a le ballon entre les mains. Alors que je ne m'y attends pas, je reçois un vrai boulet de canon dans la poitrine. Le choc me coupe la respiration et me fait tomber par terre.

Ça ne dure pas longtemps, et je n'ai pas vraiment mal, mais je me mets quand même à pleurer : Kévin m'a eue.

Par prudence, le maître m'envoie à l'infirmerie. Comme il ne reste plus qu'une heure de classe, l'infirmière décide de me garder avec elle.

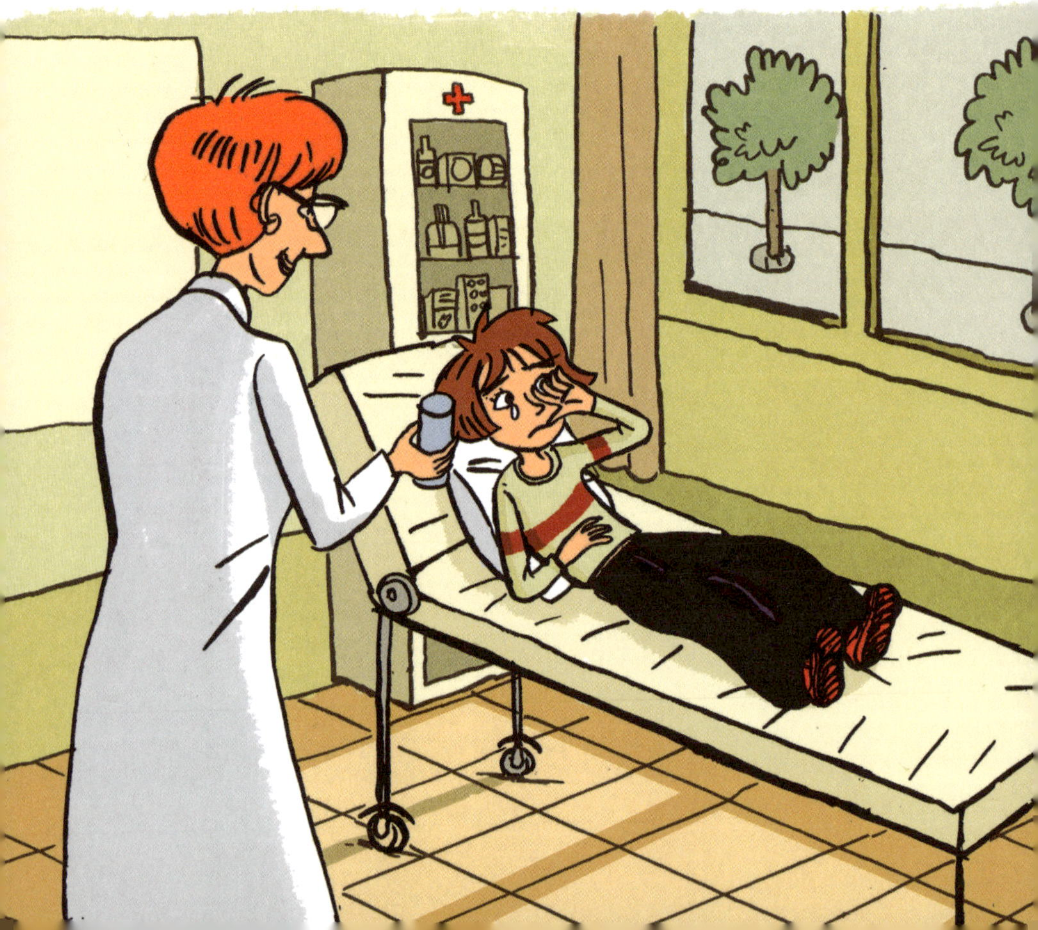

3
La tension monte

À quatre heures et demie, je quitte l'infirmerie pour aller chercher mon cartable. Sur le pas de la porte, une mauvaise surprise m'attend : Kévin est là. Mais qu'est-ce qu'il me veut encore ?

– Je suis désolé pour tout à l'heure, dit-il. Je ne voulais pas te faire mal.

Pfff ! Comme si j'allais le croire...

Je lui demande :

– C'est le maître qui t'a demandé de me faire des excuses ? C'est ça, hein ?

– Non, je t'assure. Quand je t'ai vue pleurer, j'ai compris que j'aurais pas dû tirer aussi fort.

On aura tout vu. Kévin, le grand, le fort, la brute, vient me demander pardon. Je rêve ou quoi ?

Il continue :

– En plus, je voulais te dire que tu as très bien joué. Bravo, Razmott !

– JE NE M'APPELLE PAS RAZMOTT ! Et je te déteste !

J'ai hurlé.

Je monte les escaliers, encore toute tremblante de m'être énervée si fort. Je récupère mes affaires dans la classe et je rentre chez moi, sans parler à personne.

Ma colère contre Kévin s'est transformée en haine contre le monde entier.

4
L'ange gardien

Je ne déteste plus le monde entier, seulement Kévin. Depuis l'autre jour, il n'a pas essayé de me reparler. Il ne s'est même pas moqué de moi. J'ai dû lui faire tellement peur en criant que maintenant il me laisse tranquille. Tant mieux.

Ce matin, j'ai espéré très fort qu'il pleuve parce que, aujourd'hui, on a encore une séance de sport. Malheureusement, il y a un beau soleil.

– La dernière fois, nous dit le maître, nous n'avons pas vraiment bien terminé la partie de ballon prisonnier. Nous allons donc en faire une autre, et vous allez me montrer que vous êtes capables de jouer avec un bon esprit.

Oh, non !

– Pour éviter les problèmes, reprend le maître, c'est moi qui vais constituer les équipes. Pour commencer, Kévin et Lili, vous allez jouer ensemble.

Argh ! Quelle horreur ! Mon pire ennemi du même côté que moi !

Le maître continue à regrouper les élèves qui ne s'aiment pas trop et à séparer les copains et les copines. Il dit que c'est pour faire deux équipes « homogènes ». Moi, je les trouve plutôt bizarres, ses équipes.

La partie commence. En fait, les choses se passent presque comme la première fois. Presque, seulement, parce que, à la fin, il reste trois joueurs libres : Yoann d'un côté, Kévin et moi en face.

Yoann est le meilleur ami de Kévin, et il est très fort aussi. C'est lui qui a la balle. Il l'envoie aux prisonniers par-dessus nos têtes. Il espère qu'il y en a un qui arrivera à se libérer.

Tirer sur Kévin, c'est sans espoir : il rattrape tout. Me toucher, moi, c'est difficile, mais c'est possible. Alors, ça recommence. Je deviens la cible des prisonniers, puis de Yoann, puis des prisonniers...

Je suis fatiguée, Yoann est énervé. Dans un mouvement de rage, il prend un élan terrible et jette le ballon dans ma direction, avec une force incroyable.

Et il se passe alors une chose tout à fait inattendue : Kévin plonge pour arrêter la balle. J'ai déjà vu les gardiens de but faire ça, à la télé. S'il croit m'impressionner, c'est raté. Vlaf ! Kévin s'écrase sur le sol comme un flan au caramel. Sa tête rebondit sur le ballon, puis cogne par terre. Tout le monde éclate de rire.

Kévin ne bouge plus. Il fait encore comme à la télé ou quoi ? Au milieu des ricanements, le maître se précipite vers lui :

– Kévin ! Kévin, ça va ?

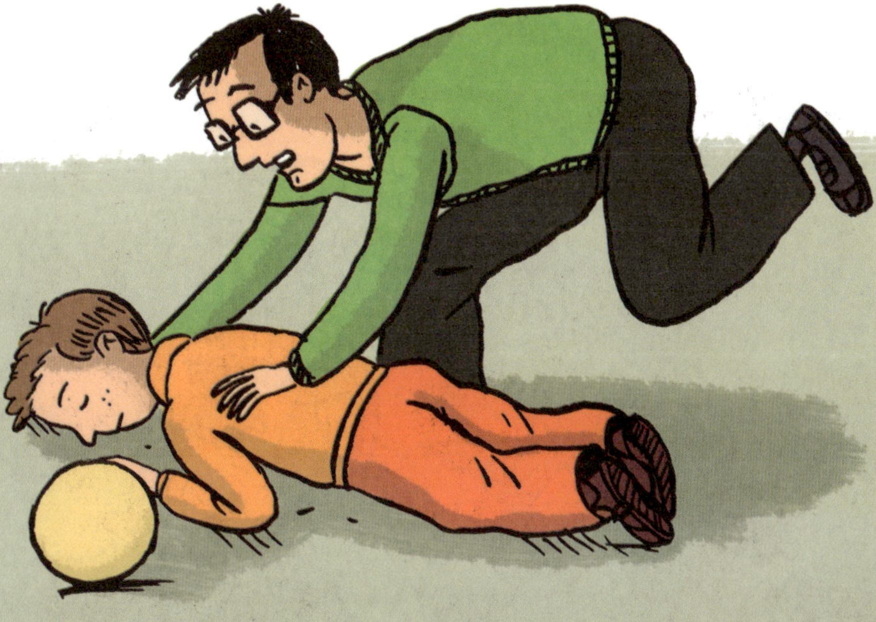

Kévin ne répond pas. D'un coup, on se tait tous.

– Jérémy ! Va vite demander au directeur d'appeler les pompiers ! Vous autres, écartez-vous et, surtout, ne le touchez pas !

Kévin, le garçon que je détestais et que je voulais étrangler, est étendu à mes pieds, sans connaissance. Même si je n'y suis pour rien, je m'en veux.

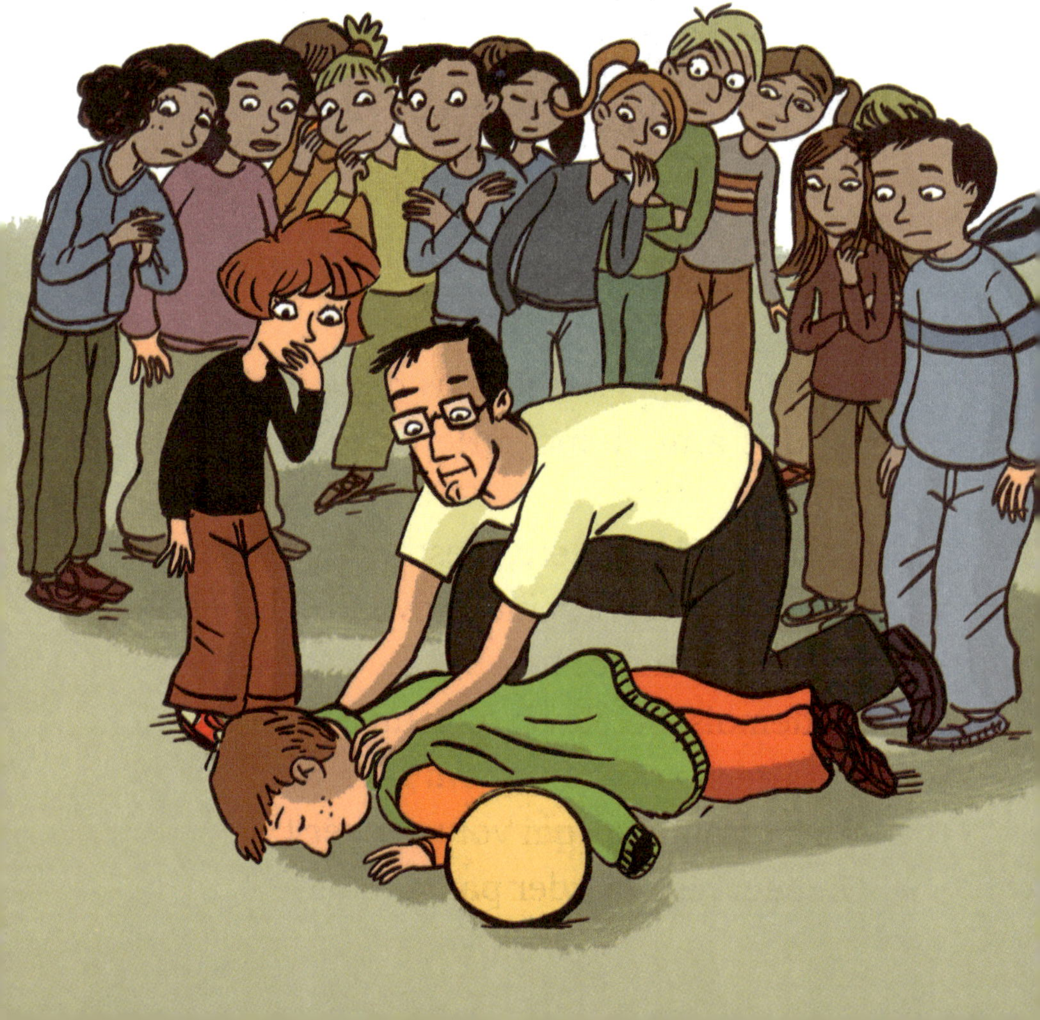

5
Inquiétudes

– Remontez en classe, nous dit le maître, et demandez à mademoiselle Leclerc de vous surveiller.

Mademoiselle Leclerc, c'est la maîtresse de la classe d'à côté. À peine arrivés, on lui parle tous en même temps :

– Mademoiselle, Kévin a eu un accident !

– Vous auriez vu ça, un vrai sac à patates !

– Y a les pompiers qui vont arriver !

– On peut les regarder par la fenêtre ?

Mademoiselle Leclerc a du mal à comprendre ce qui s'est passé. Finalement, elle nous permet de regarder dehors.

Les pompiers arrivent vite. On a tous le nez collé à la vitre pour les voir s'occuper de Kévin. Ils l'emmènent avec eux, sur un brancard.

Dans la classe, ça devient la pagaille :
– Et s'il était mort ?
– S'il est mort, y a la police qui va venir ?
– Vous croyez que Yoann ira en prison ?
– On reverra peut-être plus jamais Kévin…

Moi, je reste figée comme une momie.
– C'est pas un peu fini, ce bazar ?
Ça, c'est Mademoiselle Leclerc qui remet de l'ordre.

Le maître arrive enfin, et chacun regagne sa place en silence. Il nous donne des nouvelles :

– Kévin a repris connaissance. Nous en saurons plus demain. Mais vous ne devez pas vous inquiéter.

Eh bien, si, justement, moi, je m'inquiète. Les paroles du maître ne me rassurent pas du tout.

Le soir, dans mon lit, impossible de trouver le sommeil. Les mêmes questions tournent et retournent dans ma tête.

Pourquoi Kévin a-t-il voulu arrêter ce ballon ? Pourquoi est-ce que je me sens aussi responsable de ce qui s'est passé ? Ce n'est pas de ma faute, c'est Yoann qui a tiré !

Tout ça, c'est trop compliqué, je n'y comprends rien. La seule chose que je sais, c'est que je me fais beaucoup de souci.

6
Du nouveau

Le lendemain, le maître commence la journée de classe par des nouvelles rassurantes :

– La maman de Kévin a téléphoné. En plus d'une grosse bosse sur le front, il a un bras cassé et deux côtes fêlées. Son bras, le médecin de l'hôpital l'a plâtré. Pour les côtes, il lui a mis un bandage, Kévin devra éviter de bouger, surtout au début.

Après des « Ah ? » et des « Oh ! là, là... », tout le monde se met à poser plein de questions au maître :

– Ça va durer longtemps ?

– Trois semaines ou un mois. Ça dépendra.

– Il va être absent pendant tout ce temps-là ?

– On verra. Dès qu'il n'aura plus mal, il reviendra à l'école.

Quelqu'un signale :

– Mais il aura beaucoup manqué, il ne comprendra plus rien !

– Bien sûr que si, répond le maître. Ses parents le feront travailler à la maison. À propos, ce serait bien que quelqu'un se charge de lui porter les devoirs. Est-ce qu'il y a un volontaire ?

Je lève la main. Je suis toute rouge.

– Lili ? Ça, c'est une bonne idée. Kévin quittera l'hôpital ce soir. Tu pourras commencer demain. D'accord ?

Je fais oui de la tête, toujours aussi rouge.

Là-dessus, le maître enchaîne sur une leçon de sciences. Il nous donne le nom de chacun de nos os. Il nous explique que, quand on a un os cassé, il se répare tout seul, avec le temps. Chez les enfants, ça va plus vite.

Il nous dit aussi que le calcium est très important pour que l'os se reforme. Et le calcium, il y en a dans le lait et les produits laitiers. Au moins, avec cette histoire, on aura appris quelque chose...

Mais, le soir, avant de m'endormir, je me dis que j'ai été folle de proposer de porter les devoirs à Kévin. Qu'est-ce qui m'a pris ?

7
Chez Kévin

L'école est finie. Un quart d'heure plus tard, je suis devant la porte de chez Kévin. Je reste plantée là au moins dix minutes avant de me décider à sonner.

C'est sa maman qui vient m'ouvrir. Elle est très gentille avec moi, et me conduit jusqu'à la chambre de son fils.

– Kévin, dit-elle, tu as de la visite !

J'ai envie de m'enfuir, mais il est trop tard, je ne peux plus reculer. Kévin est dans son lit, en pyjama, avec son plâtre et une énorme bosse vert et bleu sur le front. Ça change du caïd de la cour de récréation !

Je suis toute rouge, mais, pour une fois, je ne suis pas la seule : Kévin est aussi gêné que moi. Il a l'air très étonné de me voir, mais comme il ne dit rien je finis par prendre la parole, tout en restant dans l'encadrement de la porte :

– Je t'ai apporté les devoirs.

– Oh, non, moi qui croyais être tranquille pendant un mois !

– Je me dévoue, et c'est comme ça que tu me remercies ? Ah ben, bravo !

– Mais non, ne t'énerve pas, je rigole ! C'est gentil de t'occuper de moi, Razmott.

– Je ne m'appelle pas Razmott.

Cette fois, je n'ai pas crié, mais je suis quand même vexée. Je lui laisse la feuille des devoirs et je tourne les talons en disant :

– À demain.

Et, hop ! je disparais.

Quelle nouille ! Pourquoi je lui ai dit : « À demain » ? Si c'est pour me faire traiter comme ça, je n'ai pas du tout envie de revenir le voir !

Pourtant, je suis bien obligée, maintenant.

Le lendemain, me revoilà donc chez Kévin. Cette fois, je m'approche un peu, je vais jusqu'à son bureau et j'y dépose les devoirs. Kévin me demande :

– Alors, quoi de neuf, à l'école ?

– Le directeur a commandé des ballons en mousse pour le sport ! Il a dit : « Je ne veux plus de jeux barbares dans mon établissement. »

– Ça va être moins marrant ! dit Kévin.

– Ça dépend pour qui… Tu imagines dans quel état je serais si j'avais pris le ballon de Yoann dans la figure ?

– Oui, j'imagine très bien, Razmott, tu serais de la bouillie pour les chats.

– Lili !

– Quoi, « Lili » ? demande Kévin.

– Je m'appelle Lili ! C'est pas si difficile à retenir. Si tu m'appelles encore Razmott, moi, je ne viens plus !

Je ne lui laisse même pas le temps de répondre. Je pars ! Non mais, c'est vrai, ça, il m'énerve à la fin !

8
Signé…

Je dois pourtant retourner chez Kévin. Mais j'ai décidé qu'il ne me faisait plus peur. À partir de maintenant, il n'a plus intérêt à m'appeler Razmott, sinon…

Aujourd'hui, son lit est fait, et il est dessus, habillé. Sa bosse a changé de couleur, elle est jaune.

Je m'assois sur le bord de sa couette et je lui demande s'il a mal quelque part.

– Oui, là, si je rigole, si je tousse ou si j'éternue.

En même temps qu'il me dit ça, il prend ma main et l'approche de son côté droit, pour me montrer l'endroit exact de ses côtes fêlées. Je me sens rougir. Je suis sûre qu'il l'a fait exprès. II lâche ma main, et me demande :

– Dis, tu veux bien signer mon plâtre ? Tu seras la première.

Toute gênée, je prends le stylo qu'il me tend, et je signe.

Ravi, il tourne la tête, pour voir le résultat :

– Mais enfin, Lili, regarde ce que tu as marqué !

Lili ! Il m'a appelée Lili ! C'est un miracle ! Je lui demande :

– Quoi, qu'est-ce qu'il y a ? Pourquoi tu cries comme ça ?

Et je regarde le plâtre de Kévin. Oh, non, ce n'est pas vrai...

J'ai signé... Razmott !

Achevé d'imprimer en janvier 2007 par Oberthur Graphique
35000 RENNES – N° Impression : 7532
Imprimé en France
ISBN 978-2-7470-2205-7